CW00375745

GABRIELLE VINCENT

Noël chez Ernest et Célestine

les Albums Casterman

– Ernest, c'est quand Noël ? – Dans six jours…
– Mais… tu m'avais promis une fête avec tous mes amis !

– On n'a pas de sous…
Allez ! Viens !

– Mais Ernest,
il ne faut pas d'argent
pour faire un réveillon !

– Et les cadeaux,
le sapin, les gâteaux,
les disques, les bougies…
et tout… hein !

– Ernest, moi je sais qu'il ne faut pas d'argent pour notre fête !
– Il fait trop froid pour penser au réveillon, Célestine !

– …on irait chercher
une grosse bûche
au bois
et aussi un sapin !

Tu jouerais du violon,
on danserait,
on chanterait…
Pour manger ?
…Tu fais

une tarte,
des galettes,
du jus d'orange,
du chocolat
et voilà tout ! …

Pour les cadeaux,
on ferait des dessins,
des collages,
des découpages…

… des chapeaux,
des étoiles…

… des guirlandes,
des serpentins,
que je peindrais
avec toi…

— Tu me l'avais promis…

… Dis « oui », Ernest, dis « oui » !
– Non ! C'est NON ! Pas cette année !

– Eh bien oui, d'accord,
je te l'avais promis… ça va !

– Est-ce que tu l'avais vraiment oublié, Ernest ?

– Tu vois, Ernest,
que tu dessines bien,
toi aussi !

– Tu viens voir tous mes jolis cadeaux ?
– Je fais cuire les gâteaux… j'arrive.
Dis, Célestine, nous devons encore trouver de la vaisselle…

– Là-bas… là-bas, Ernest, je vois des tasses et des assiettes !
(Et voilà ce qu'il me faut pour mon costume de …)

– Pas mal !

– Et sa robe ! Hein !

– Écris bien, Célestine :
Grand Réveillon de Noël
chez Ernest et Célestine.
Apportez vos flûtes et vos tambours,
des bougies et des chapeaux.
Venez tous !

– C'est ça ton réveillon ?...

… et ça, c'est pour toi.

– Tu appelles ça « un sapin de Noël » ?

– Des fausses boules,
des fausses guirlandes,
pas de disques !

– Ne l'écoute pas, Célestine,
pour nous, tout est si beau !

– Ernest, viens voir
le Père Noël est là !

Ernest ! Ernest ?

Où es-tu, Ernest ?

J'ai perdu mon Ernest !

– Célestine ne reconnaît pas
Ernest.
Elle croit vraiment
que c'est
le Père Noël !

– Mais, Célestine,
C'est ton
Ernest !

– Yahouou !
– Encore plus fort !
– Vas-y, Ernest !
– Continue, Célestine !

– Des histoires, des histoires,
raconte-nous des histoires !

– Il était une fois, dans un lointain pays…

– Ernest, les parents arrivent.

– … Oh ! oui, Ernest,
je ne me suis jamais aussi bien
amusé !

– Tu m'en veux encore, Célestine ?
C'était formidable, tu sais !
… Je peux revenir l'année prochaine ?

– Il a dit « l'année prochaine » !
Tu as entendu ?

– On recommencera l'année prochaine ?

– Calmons-nous, Célestine…

« Mon beau sapin…
Roi des forêts…

www.casterman.com

© Casterman 2003 et 2011 pour la présente édition

Tous droits réservés pour tous pays.

Il est strictement interdit, sauf accord préalable et écrit de l'éditeur, de reproduire
(notamment par photocopie ou numérisation) partiellement ou totalement le présent ouvrage,
de le stocker dans une banque de données ou de le communiquer au public, sous quelque forme
et de quelque manière que ce soit.

Achevé d'imprimer en juin 2014, en Chine.
Dépôt légal : novembre 2011 ; D2011/0053/255
Déposé au ministère de la Justice (loi n° 49.956 du 16 juillet 1949
sur les publications destinées à la jeunesse).

ISBN 978-2-203-04043-4
N° d'édition : L.10EJDN000938.C003